# Minha família é uma festa

Texto
Fernando Baptista

Ilustrações
Remo Marini

Copyright © 2020 Fernando Baptista

| | |
|---:|:---|
| Gestão editorial | Fábia Alvim |
| Gestão comercial | Rochelle Mateika |
| Gestão administrativa | Felipe Augusto Neves Silva |
| Projeto gráfico | Matheus de Sá |
| Revisão | Tatiana Custódio |

Dados Internacionais de Catalogação na Publicação (CIP) de acordo com ISBD

B222m    Baptista, Fernando

         Minha família é uma festa / Fernando Baptista ; ilustrado por Remo Marini. - São Paulo, SP : Saíra Editorial, 2020.
         40 p. : il. ; 20,5cm x 20,5cm. – (Outras vozes)

         ISBN: 978-65-86236-09-5

         1. Literatura infantil. I. Marini, Remo. II. Título. III. Série.

2020-3231                                                         CDD 028.5
                                                                          CDU 82-93

Elaborado por Vagner Rodolfo da Silva - CRB-8/9410
Índice para catálogo sistemático:
1.   Literatura infantil 028.5
2.   Literatura infantil 82-93

Todos os direitos reservados à Saíra Editorial
Rua Doutor Samuel Porto, 396
04054-010 – Vila da Saúde, São Paulo, SP – Tel.: (11) 5594 0601
www.sairaeditorial.com.br
rochelle@sairaeditorial.com.br

À minha família, que também é uma festa:
Wagner, Glória e Matheus.

Oi! Meu nome é Pedrinho. Eu tenho 4 anos e sou adotado. Tenho dois pais, o Henrique e o Bruno, e eles me amam muito.

Quero contar sobre a primeira festa de que participei com minha família. Eu estava muito ansioso e empolgado.

Coloquei minha roupa preferida: uma bermuda jeans e uma camiseta vermelha. Eu ia fazer uma homenagem para os meus papais.

Meus papais me disseram que eu estava lindo e lá fomos nós para a festa.

Logo que cheguei, fui brincar com meus amiguinhos.

A festa estava muito divertida. Cantamos, brincamos, corremos e dançamos.

Chegou a hora da homenagem: fui então buscar o lindo chapéu que meus papais compraram para eu me apresentar.

Minha amiga Marcela e meu amigo Enzo vieram comigo porque queriam conhecer minha família.

Chegando lá, a Marcela perguntou para mim:

— Ué... cadê sua mãe? Ela não veio?

Então eu expliquei:
— É que eu tenho dois pais.

Ela me olhou com uma cara de espanto e curiosidade.

O Enzo olhou para ela e disse:
— É, eu tenho um primo que tem duas mães.

E ela, superempolgada:

— Nossa! Ter dois pais deve ser muito legal.

— Porque meu pai é brincalhão, mas minha mãe é tão séria.

Logo em seguida, o Enzo disse:
— Ah... não sei. Porque lá em casa é meu pai que é mais sério.
Ele fez uma careta, imitando o pai quando fica bravo.
Nós rimos muito.

Logo depois da apresentação, eu corri para tirar uma foto com meus dois papais.

Meus amiguinhos correram atrás de mim e disseram:

— A gente pode tirar uma foto com a sua família?

Eu olhei para todos com muito orgulho e alegria.

A Marcela então me disse:
— É que sua família é muito bonita.

Nós tiramos nossa foto todos juntos. A foto ficou muito linda.

Contando essa história, cheguei à conclusão de que a minha família é a verdadeira festa.

Nela, eu recebo muito amor, tenho muita alegria e fazemos passeios incríveis. Eu amo meus dois papais!

# Sobre o autor

**Fernando Baptista** é terapeuta familiar e sexólogo, com mestrado em Educação e Saúde na Infância e na Adolescência pela Universidade Federal de São Paulo (Unifesp). É também diretor da Escola dos Afetos, membro-titular da Associação Brasileira de Terapia Familiar (Abratef), pesquisador na Unifesp e professor de cursos de pós-graduação.

# Sobre o ilustrador

**Remo Marini** nasceu em Conceição do Ibitipoca, Minas Gerais, em 1978, e saiu de lá, ainda jovem, para dar os primeiros passos, na capital mineira, em sua carreira como *designer* de móveis, profissão que até hoje exerce, paralelamente ao ofício de cartunista e ilustrador. *Minha família é uma festa* é seu livro de estreia na literatura infantil, caminho que decidiu seguir mais recentemente, depois que Lúcio, seu filho de 6 anos, chegou à sua vida.

Esta obra foi composta em Domus e impressa
pela ColorSystem em offset sobre
papel couché fosco 150 g/m² para a Saíra Editorial
em janeiro de 2021